누우 떼가 강을 건너는 법

복효근
시집

누우 떼가
강을 건너는 법

달아실
시선
04

다시 부끄러움을 무릅쓰고

시를 모르고 시를 쓰기 시작했다. 만약 시가 무엇인지 알고 시작했더라면 아마 시를 쓰지 못했을 것이다. 지금도 그럴진대 15년 전은 오죽했으랴. 네 번째 시집 『누우 떼가 강을 건너는 법』을 펴낸 지 15년이 되었다. 잠깐 세상에 나왔다가 이내 기억에서 잊혀져 간 시집이다. 돌아보니 부끄럽기 그지없다. 하지만 못난 대로 그 시절 내 고뇌와 열정이 그대로 담겨 있음은 부정하지 못하겠다. 부족하면 부족한 대로, 부끄러우면 부끄러운 대로 내 족적이다. 이번에 〈달아실 시선〉에서 다시 세상에 내보낸다고 한다. 못나고 부족한 시편들도 어여삐 보아주시는 따뜻한 마음들이 있어 내 시는 그나마 이렇게 목숨을 부지해왔다. 그분들께 그리고 달아실출판사와 박제영 시인께 감사한다.

2017년 8월
복효근

시인의 말 2

꽃핌의 저 고요로운 파열음이
실상은 신神의 중얼거림일진대
그것을 번역하여
명리에 허천난 넋에
번개의 언어 은장도 하나 찔러 넣어주지 못하고
흙탕물에 찌든 육신의 아랫도리에
연꽃다운 화두 하나 걸쳐주지 못한다면
골라 골라 골라아 골라
시장에서 외치는 소리와 다를 게 무에 있다드냐
더군다나
골라 골라 외치는 그 소리까지를
신에게 꽃 피어가는 그 파열음으로
통역하지 못한다면야
시詩는 개뿔이라 해야 옳다

아, 아직은 개뿔일 뿐인 나의 시여.

2002년 5월
복효근

차례

1부

누우 떼가 강을 건너는 법

건기가 닥쳐오자
풀밭을 찾아 수만 마리 누우 떼가
강을 건너기 위해 강둑에 모여 섰다

강에는 굶주린 악어 떼가
누우들이 물에 뛰어들기를 기다리고 있었다

그때 나는 화면에서 보았다
발굽으로 강둑을 차던 몇 마리 누우가
저쪽 강둑이 아닌 악어를 향하여 강물에 몸을 잠그는 것을

악어가 강물을 피로 물들이며
누우를 찢어 포식하는 동안
누우 떼는 강을 다 건넌다

누군가의 죽음에 빚진 목숨이여, 그래서
누우들은 초식의 수도승처럼 누워서 자지 않고
혀로는 거친 풀을 뜯는가

언젠가 다시 강을 건널 때

그중 몇 마리는 저쪽 강둑이 아닌

악어의 아가리 쪽으로 발을 옮길지도 모른다

아름다운 번뇌

오늘도 그 시간
선원사 지나다 보니
갓 핀 붓꽃처럼 예쁜 여스님 한 분
큰스님한테서 혼났는지
무엇에 몹시 화가 났는지
살풋 찌푸린 얼굴로
한 손 뻐딱하게 옆구리에 올리고
건성으로 종을 울립니다
세상사에 초연한 듯 눈을 내리감고
지극 정성 종을 치는 모습만큼이나
그 모습 아름다워 발걸음 멈춥니다
이 세상 아픔에서 초연하지 말기를,
가지가지 애증에 눈감지 말기를,
그런 성불일랑은 하지 말기를
들고 있는 그 번뇌로
그 번뇌의 지극함으로
저 종소리 닿는 그 어딘가에 꽃이 피기를…

지리산도 미소 하나 그리며

그 종소리에 잠기어가고 있습니다

강은 가뭄으로 깊어진다

가뭄이 계속 되고
뛰놀던 물고기와 물새가 떠나버리자
강은
가장 낮은 자세로 엎드려
처음으로 자신의 바닥을 보았다

한때
넘실대던 홍수의 물 높이가 저의 깊이인 줄 알았으나
그 물고기와 물새를 제가 기르는 줄 알았으나
그들의 춤과 노래가 저의 깊이를 지켜왔었구나
강은 자갈밭을 울며 간다

기슭 어딘가에 물새알 하나 남아 있을지
바위틈 마르지 않은 수초 사이에 치어 몇 마리는 남아 있
을지…
야윈 몸을 뒤틀어 가슴 바닥을 파기 시작했다 강은
제 깊이가 파고 들어간 바닥의 아래쪽에 있음을 비로소
알았다

가문 강에

물길 하나 바다로 이어지고 있었다

복사뼈에 대한 단상

복숭아를 먹다보면

필연코 단단한 씨를 만난다

그것은 말하자면

복사꽃의 끝

단맛으로 깊어가던 복숭아의 끝

끝나버린 복숭아씨, 그것은

또 꽃 피울 복숭아의 머언 먼 시작이려니

귀 기울이면

그 속에 비가 내리고 새가 울리라

나에게도

복숭아뼈라 부르는 씨 하나가 있어

살아버린 나는 무엇인가의 맛 나는 과육이 되어야겠다

언젠가

내 과육을 다 먹은 시간이 그 끝에 만나고야 말 그 씨는

나의 시작인지도 모르는 일이어서

들으면 들리리라 비 내리는 소리

내 안에서 우는 새소리

꽃 피는 소리

끝이 시작으로 이어지는 지점

내게도 복숭아씨가 있다

겨울, 백로가 가르쳐준 것들

돌아간다고도 하고, 돌아온다고도 하니
여기가 거기고 거기가 여기라는,
가고 또 옴의 그 무상함을 알아버린 듯
이 겨울 한 떼의 백로는
얼어붙은 저 개울을 고향으로 삼았나 봅니다
오늘
한 쌍 백로가 먹이 찾는 개울은
그래서 다 얼지는 않고
피라미 몇 마리는 제 품에 기르고 있어,
백로는
몇 번의 허탕 끝에 튕겨 올린 피라미 한 마리도
하늘을 우러러 삼킵니다
천지사방 까막까치 뛰노는 허접쓰레기는 많아도
저 붉은 발 수고로이 찬물에 담그고
모가지는 길어서
아무 데나 코를 박고 고개를 두르지 않습니다
시도 때도 없이 탐식하기엔
무엇보다 그놈의 깃털이 너무 희어서

아침 한때 사냥을 끝내고 날아간 뒤에는

내내 오지 않습니다 그때야

호동그란 놈들의 눈에 비칠 내 모습이 더 궁금하여져서

나는

또 있지도 않은 내 흰 깃털과

언젠가 있을지 모르는 내 맑은 배고픔을 떠올리며

호들갑스럽지 않게 한 자리에서

고요히 저물어 갈 것을 생각하기도 하는 것입니다

어느 대나무의 고백

늘 푸르다는 것 하나로

내게서 대쪽 같은 선비의 풍모를 읽고 가지만

내 몸 가득 칸칸이 들어찬 어둠 속에

터질 듯한 공허와 회의를 아는가

고백컨대

나는 참새 한 마리의 무게로도 휘청댄다

흰 눈 속에서도 하늘 찌르는 기개를 운운하지만

바람이라도 거세게 불라치면

허리뼈가 뻐개지도록 휜다 흔들린다

제때에 이냥 베어져서

난세의 죽창이 되어 피 흘리거나

태평성대 향기로운 대피리가 되는,

정수리 깨치고 서늘하게 울려 퍼지는 장군죽비

하다못해 세상의 종아리를 후려치는 회초리의 꿈마저

꿈마저 꾸지 않는 것은 아니나

흉흉하게 들려오는 세상의 바람 소리에

어둠 속에서 먼저 떨었던 것이다

아아, 고백하건대

그놈의 꿈들 때문에 서글픈 나는

생의 맨 끄트머리에나 있다고 하는 그 꽃을 위하여

시들지도 못하고 휘청, 흔들리며, 떨며 다만,

하늘 우러러 견디고 서 있는 것이다

물총새의 사냥법

내가 누군가의 마음 한 조각을 훔치기 위해
갖은 계략을 짜고 있을 동안
물총새는 그저 잠시
물의 마음을 들여다보는 것 같았지

내가 한 사람 마음의 황금빛 중심에 다가가기 위해
굴절각을 재고 입구와 출구를 찾고 있을 동안
물총새는 그때 이미
한 알의 총알이 되어 물속으로 내리꽂혔던 거야

내가 누군가의 마음에 머물러 둥지를 틀 것을 꿈꾸며
손익 계산으로 날개가 퇴화되어가고 있을 때
물총새는 춤추듯 파닥이는 은빛 물고기 입에 물고
물을 박차며 하늘 높이 날아갔지

물총새 다녀간 자리
물속에도 물낯에도 흠집 하나 남기지 않네
가끔은 사냥이 빗나갈지라도

물총새 무심히

무심히 날아오르는 빈 날갯짓이 더 아름답다네

구두 뒤축에 대한 단상

겉보기엔 멀쩡한데
발이 빠져나간
구두 뒤축이 한쪽으로 심하게 닳았다

보이지 않은 경사가 있다
보이는 몸이 그럴진대는
헤아릴 수도 없을 마음의 경사여

구두 뒤축도 없는 마음의 기울기는
무엇이 보정補正해주나 또
뒷모습만 들켜주는 그 경사를 누가 보아주나

마지막 구두를 벗었을 때
생애의 기울기를 볼 수는 있을 것인가
수평을 이룰 때 비로소 완성되어버릴 생이여, 비애여

닳은 구두 뒤축 덕분에 나는 지금 멀쩡하게 보일 뿐이다

겨울 나무

꽃눈은 꽃의 자세로

잎눈은 잎의 자세로 손을 모으고

칼바람 추위 속에

온전히 저를 들이밀고 서 있네

나무는,

잠들면 안 된다고

눈 감으면 죽는다고

바람이 들려주는 회초리를 맞으며

낮게 읊조리네

두타頭陀*의 수도승이었을까

얼음 맺힌 눈마다 별을 담고서

나무는

높고 또

맑게

더 서늘하게는 눈 뜨고 있네.

* 산야를 떠돌면서 빌어먹고 노숙하며 온갖 쓰라림과 괴로움을 무릅쓰고 불도를
  닦음, 또는 그런 수행을 하는 중을 뜻한다.

꽃 앞에서 바지춤을 내리고 묻다

급한 김에
화단 한구석에 바지춤을 내린다

힘없이 떨어지는 오줌발 앞에
꽃 한 송이 아름답게 웃고 있다

꽃은 필시 나무의
성기일시 분명한데
꽃도 내 그것을 보고 아름답다 할까

나는 나무의 그것을 꽃이라 부르고
꽃은 나를 좆이라 부른다

탱자

가시로 몸을 두른 채
귤이나 오렌지를 꿈꾼 적 없다

자세히 들여다보면
밖을 향해 겨눈 칼만큼이나
늘 칼끝은 또 스스로를 향해 있어서
제 가시에 찔리고 할퀸 상처투성이다

탱자를 익혀온 것은
자해 아니면 고행의 시간이어서
썩어 문드러질 살보다는
사리 같은 씨알뿐

향기는
제 상처로 말 걸어온다

2부

가릉빈가*

내가 거듭 몸을 받아

다시 태어난다면

설산의 하늘을 날으는

가릉빈가 새가 되고 싶어

이승의 그리운 사람들

낱낱이 부르며

하늘 한 자리에 불러 모으고 싶어

극락정토極樂淨土 설산雪山이 과분하다면

지리산 피아골 연곡사 동부도

바위 속으로 날아 앉아

그래, 아직은

피 먼지 날리는 이 세상에 남아

울고 싶어

사랑도

그리움도 다 사람의 일인지라

상반신은 그대로 사람인

가릉빈가 새가 되어

그 바위연꽃 꽃잎이 다 질 때까지

이 땅의 그리운 이름들

설산의 하늘에 닿도록

고요히 울어주고 싶어

* 이 새는 불경에 나오는 상상의 새로 설산雪山에 산다고 하는데 상체는 사람의 모
  습, 하체는 새의 모습을 하고 있으며 소리가 그지없이 아름다워 묘음조妙音鳥라고
  도 한다. 지리산 연곡사의 북부도와 동부도에 이 새가 새겨 있다.

만복사저포기

- 양생의 말

그것이 사랑이라면

어찌

이승의 것만이 사랑이겠느냐

그것이 인연이라면

단 한 번의 저포놀이라 할지라도

숙세宿世 내세來世 건너가는 다리가 아니겠느냐

옷깃 스친 꽃잎 하나로도

영원이 아니겠느냐

그 단내 나는 숨결

한 바탕 꽃꿈이라 하지만

그것이 운명이라면

사랑해서는 안 되는 것까지도

사랑하는 나의 길은

이승 저승 영원의 길

혹시 네가 다시 그 길에 피어

옷깃에 스칠 수만 있다면

내가 오늘 지리산에 들어

시방세계 꽃잎을 다 헤겠다

겨울 산행山行

분명 무엇인가 있을 것이라는

믿음으로 올라간 산정山頂

눈보라만 떼로 몰려올 뿐

아무 것도 없어

더 믿을 게 없어

앞서 간 사람의 발자국만이 눈부셨습니다

몇몇은 발이 부르트고

관절이 삐걱이고

추위에 귓불이 얼었을지라도

아무 것도 얻을 수 없었으므로

더 잃을 것도 없어

비로소 서로가 나침반이 되었습니다

가슴과 가슴으로 길을 내어주던

눈보라 속에서

내 모든 그대가 이정표입니다

길입니다

꽃 본 죄

난분분 십리 화개
꽃너울 좀 봐
어휴 어휴
열 예닐곱 몽정 빛깔로
숨이 차는데
오늘은
섬진강 어느 처녀랑 눈이 맞아서
때마침 차오르는 산비탈 녹차밭에
부여안고 넘어진대도
아무 일 없을 듯
아무 일도 없을 듯
니캉 내캉
꽃 본 죄밖에
꽃 된 죄밖에

진주 눈길

전국에 대설주의보 내린 날
남원에서 진주까지 가야 할 직행버스 대한여객은
운봉고원 눈이 너무 쌓여
인월까지밖엔 가지 못하겠다고 멈춰섰다

눈 오는 지리산은 옷 벗은 여인의 속살 같고
나야 목적지까지 다 왔으니 그만인데
진주라는 이쁜 이름이 자꾸만 입안에서 맴돌아,
가지 않아도 되는 진주 가는 눈길을 한 사흘 헤치며
눈부신 진주 속으로 걸어 들어가는 내 모습을 그려보았다

온통 눈 빛깔 하나로
기다림과 그리움이 하얀 진주 사람들에게
길 막혀 더욱 그리운 이들의 소식과,
세상에 다시없을 저 눈 덮인 지리산의 이야기를
밤새도록 풀어놓고 싶었다
저 눈 속에 파묻혀 한 사흘이면
우리가 죄 없는 눈 나라 시민으로 순결해지리라

눈은 막무가내로 더 내리고 돌아갈 남원길도 막막한데

눈 땜에 진주에 못 가는 사람들에게

괜찮다면

인월장터 시장 식당에 가서

순대를 숭숭 썰어 넣은 해장국에 막걸리나 푸지게 푸자고

문득 어깨를 걸고만 싶었다

아기 돌탑

산길을 가다보면 굽이굽이

작고 못생긴 돌 조각으로 쌓은 탑 있네

누가 쌓았을까

산처럼 커야 한다고

백장암 삼층탑*처럼 높아야 한다고 믿었던 나에게

들패랭이 같은

용담꽃 같은

온 천지 들꽃 같은

애기 돌탑

돌

위에

돌

아래

돌

그것은

돌이

아니라네 탑이라네

산길 가다보니 돌멩이 하나 하나가

두고 온 그대

떠나간 내 모든 그대 얼굴이네

어느덧 지리산도

소슬한 한 채 탑으로 서 있네

* 지리산 실상사 백장암에는 국보 10호의 아름다운 탑이 한 채 서 있다.

코스모스와 런닝구

순이는,

런닝구* 바람 순이는

초여름부터 런닝구

나도 덜렁 런닝구

가을 운동회도 끝나고 서리 내릴 때까지

다우다 빤스*에 런닝구 바람

코스모스 꽃을 따서

등판 위에 뒤집어 올려놓고

손바닥으로 내리치면

코스모스 화문花紋이 찍혀서는

지 등에도 몇 개

내 등에도 몇 개 코스모스 피더라야

지는 하나도 안 아프다며

안 아프냐고 등 쓸어주며

니 꽃이 더 예쁘다고

내 런닝구가 더 예쁘다고

하얀 이 코스모스로 웃던

순이,

런닝구 바람

코스모스 순이는

운주사에서 배운 일

1
저 돌덩이들이 다 부처라면
부처 아닌 것 세상에 어디 있단 말이냐

웬수놈을 모셔다가 법상法床에 앉히고
백팔배百八拜를 할 일이다

2
도대체
저 하찮은 돌덩이들이 탑이라 한다면
어느 천년 뒤
나는 무엇의 그리움으로
탑 되어 서 있을 것인가

단풍

저 길도 없는 숲으로
남녀 여남은 들어간 뒤
산은 뜨거워 못 견디겠다는 것이다

골짜기 물에 실려
불꽃은 떠내려오고
불티는 날리고

안 봐도 안다
불붙은 것이다
산은,

길은 길에 이어져

어머니 봉숭아 씨앗을 받으시네

당신 홀로 지키는
시골집 토담 밑에
한 철 환하던 봉숭아 꽃잎

들일에 산일에 오그라 붙은 손마디 끝
쇠뿔 같은 손톱
물들일 일도 없는데

언제 떠날지 모르는
열명길 밝으라고 불 밝혀
불 밝혀두었을까나

오래 살면 뭐혀 늙으면 죽어야제 하시면서도
오늘은 손녀와 함께
터질 듯 영근 씨앗을 받으시네

길이 가만 길에 이어지네

빗물에 불은 라면가닥 사이로

땀 범벅 삐걱이는 무릎 관절을 끌고
노고단 화엄계곡에서 청왕봉 칠선계곡까지
빗속을 2박 3일 걸어가보라
빗물에 퉁퉁 불은 밤
늦은 라면가닥 사이로 보이는
아슴아슴 산 아래 불빛
치를 떨며 눈물은 왜 솟는가
무엇을 찾으려고 산에 올랐다가
젖은 모포 속에서 버너 불에 몸 녹이며
비안개에 묻어오는 하얀 죽음의 살갗이 만져지면
왜
안가슴에 끼인 옛사랑의 추억은 아파오고
실핏줄마다 얽힌 부끄런 욕망들은 또
터질 듯 저려오는 것이냐
한 평생
온 세상을 다 살아버린 것처럼
살아 있음이 이렇게 가슴 절절한 것이냐
어떤 이들은 에베레스트도 오르는데

죽기를 각오하고 나선 길도 아닌

이만한 산 높이에서

아, 벌써 나는

환장하게 세상이 그립다

살고 싶다

석쇠의 비유

꽁치를 굽든 돼지갈비를 굽든 간에
꽁치보다 돼지갈비보다
석쇠가 먼저 달아야 한다
익어야 하는 것은 갈빗살인데 꽁치인데
석쇠는 먼저 달아오른다

너를 사랑하기에 숯불 위에
내가 아프다 너를 죽도록 미워하기에
너를 안고 뒹구는 나는 벌겋게 앓는다
과열된 내 가슴에 너의 살점이 눌어붙어도
끝내 아무와도 아무 것과도 하나가 될 수 없다는 것을
나는 이미 고독하게 알고 있다

노릇노릇 구워져 네가 내 곁을 떠날 때
아무렇지도 않게 제 자리로 돌아와서
너의 흔적조차 남겨서는 아니 되기에
석쇠는 차갑게 식어서도 아프다

더구나

꽁치도 아닌 갈빗살이지도 않은 내 사랑이여

어쩌겠는가 네가 떠난 뒤에도

나는 석쇠여서 달아올라서

마음은 석쇠여서 달아올라서

내 늑골은 이렇게 앓는다

황금잉어빵을 굽는 풍경

만삭의 젊은 잉부孕婦 곁에
하나는 앞에 다른 하나는 뒤에 서서,
뒤 아이는 앞 아이의 어깨에 손을 얹고
황금잉어를 기다리는 풍경이 한 폭 성화聖畵 같다

비닐을 둘러친 포장 안에
물고기와 빵이 하나가 되었으니
오병五餅과 이어二魚가 따로 없다
빵을 굽는 그는 예수일까 새까만
빵틀에서 한 마리씩 황금빛 잉어를 꺼내 보이면

가끔씩 아이가 돌아보는 눈길이
뒤 아이와 만삭의 눈에 마주쳐
입가엔 벌써
황금 비늘 몇 개가 반짝이며 떨어지고
만삭의 배는 한껏 부풀어 오른다

국화풀빵 골목길을 지나

붕어빵의 뒤안길을 지나

황금잉어 뛰노는 먼

먼 갈릴리 바닷가가 여기 있다

내일 저 잉부는 가난한

예수를 또 낳을 것이다

쑥부쟁이 연가

그 가시내와 내가
그림자 서너 배쯤 거리를 두고
하굣길 가다보면
마을 어귀
쑥부쟁이 너울로 핀 산그늘에
가시내는 책보를 풀어놓고 아예
가을 다 가도록
꽃이 몇 송인지 한참이나 꺾다간
뒤도 안 돌아보고 가곤 했었지

저만치 뒤에 쪼그리고 앉아
가시내 스치는 손끝에 내 마음도 피어서
꺾이는 저 쑥부쟁이 꽃빛깔
꽃빛깔로 달아오르곤 했었지

세월도 그 가시내
무심한 눈길 몇 번 마냥 흘러서
마을 어귀 지날 때

시방은

누가 거기 홀로 피어 울고 있는지

쑥부쟁이,

쑥부쟁이 너울로 핀

산그늘에

콩나물에 대한 예의

콩나물을 다듬는답시고
아무래도 나는 뿌리를 자르진 못하겠다
무슨 알량한 휴머니즘이냐고
누가 핀잔한대도
콩나물도 근본은 있어야지 않느냐
그 위를 향한 발돋음의 흔적을
아무렇지도 않은 듯 대하지는 못하겠다
아무래도 나는
콩나물 대가리를 자르진 못하겠다
죄 없는 콩알들을 어둠 속에 가두고
물 먹인 죄도 죄려니와
너와 나 감당 못할
결핍과 슬픔과 욕망으로 부풀은 머리 쥐어뜯으며
캄캄하게 울어본 날들이 있잖느냐
무슨 넝마 같은 낭만이냐 하겠지만
넝마에게도 예의는 차리겠다
그래, 나는 콩나물에게
해탈을 돕는 마음으로

겨우 콩나물의 모자나 벗겨주는 것이다

석류

누가 던져놓은 수류탄만 같구나
불발不發이긴 하여도
서녘 하늘까지 붉게 탄다

네 뜰에 던져놓았던
석류만한 내 심장도 그랬었거니

불발의 내 사랑이
서천까지 태우는 것을 너만 모르고
너만 모르고…

어금니 사려물고
안으로만 폭발하던 수백 톤의 사랑
혹은 적의敵意일지도 모를,

3부

담 넘어 퇴근하고 싶다

점심시간

무단외출을 막았더니

몇 녀석이 뒤편 담을 넘나든다

그래, 그러나

담까지 막아서는 안되리라

누가 알겠는가

담 너머 저 지리산 너머

바다 건너

기울어진 지축이라도 바로 세워놓고 올 줄…

그래, 봄은 정문으로 오지 않는다

시멘트 담 너머

손을 뻗어 쫑긋거리는 첫 봄

개나리 몇 송이

저 녀석들이다

종아리 몇 대 걸치고라도

산 넘어 강 넘어 저 중강진까지 기어이

봄소식 전해주고 올 놈들은…

오늘은 나도

담 넘어서 퇴근하고 싶다

연꽃과 소나기 사이에서

아이들 손잡고
덕진연못 연꽃 구경 갔다가
연못을 가로지른 현수교에서 소나기를 만났지

냅다 뛰어
공원 화장실 처마 밑에서 비를 긋는데
아이들은 아직도 다리 위에서
연꽃과 함께 놀고 있네

연잎에 구르는 빗방울에
간지러운 듯 붉어지는 연꽃 표정이
아이들 웃음과 섞여

연못은 커다란 연잎으로 하늘거리고
아이들은 빗방울이 되어 통통거리니
그 놈들 살결엔 연향이 배어 있을 거다

비가 두려운 나에게선

무슨 냄새가 날까

화장실 처마 밑에서

홍도 일숙

먼 서해 남단

홍도에는 빠돌* 해변이란 곳이 있지

애초에 뾰족뾰족 날카롭던 빠돌

바닷가 그 돌들은

밤새워서 옆엣놈들과 한바탕 씨름도 하고

꼭 홍도초등하교 코흘리개 녀석들이 그랬듯이

치어박기도 하면서

더러는 징징 울기도 하면서

말다툼도 하고 뉘우치기도 하면서

제 모난 데를 자꾸만 깎아가는 것이었다

그것이 대견스러워

저 태평양을 돌아온 물결들도

깎여나간 빠돌의 상처를 어루만져 주는 것이었다

어제도 아니고 내일도 아니고 먼 영원을 두고

빠돌들은 하늘의 별들처럼

둥글어져만 가서 마침내는

스스로 별이 되어 빛나게 되는 것이다

홍도에서 일숙—宿

선착장 빠돌 해변 그 돌들의 비밀을 지켜보면서

이 세상 참된 사랑과

참된 싸움의 뜻을 생각하자니

내게는 잠도 오지 않았다

* 남해안의 다른 해변에서는 그 매끌매끌 둥근 돌들을 몽돌이라 부르지만 홍도에
  서는 빠돌이라 불렀다.

엄살 2제

팔순 어머니의 엄살

애들 데리고 저녁 먹으러 오라 하더니 다시 전화를 해서는 비가 억수로 온다고 빗길 위험하니 너 혼자만 와서 태용아짐이 집에서 길렀다고 준 콩나물 가져다가 먹으란다 까짓 콩나물이 얼마나 비싸고 귀한 거라고… 다 안다 정작 당신이 보고 싶은 것은 애들인데 주말에도 안 다녀갈까봐 다시 한 번 확인하는 것이다 어쨌든 어머니 엄살 덕분에 시골집 다녀오는 길 내내 비는 안 왔다

마흔 살 아들의 엄살

작년 옥수수는 너무 익어서 딱딱하더라고 텃밭 덜 익은 옥수수 가리키며 말했더니 그러더냐, 이빨이 없어서? 합죽이 웃으시며 기어이 덜 익은 옥수수 몇 개를 따고야 만다 그러면서 마흔 먹은 아들의 엄살이 귀여웠을 것이다 내년에 또 엄살을 부리고 싶다

공사중 〈갓 길 없 슴〉

이 시대의 철자법도 무시해버린 채
갓길은 없다고
떡 버티고 서서
무식하게 당당한 저 경고 입간판

한사코 제 길로만 가서라
애비는 닮지 말라 했던
아버지가 그립다

산수유 노란 때깔 마냥으로

구례 산동

산수유 터진다길래

바람만바람만 해서 갔더니

그렇데

산수유 끼리들 모여 사는데

사람 몇 끼어 살데

그런 자리에서야

나도 꽃인 척 무얼 피워내야겠는데

내 전 생애를 쥐어짠대도

꽃 하나가 될 수 없어

다만 사람 축에 낄래도

꽃을 닮아 꽃이 다 된 산동 사람 틈에도 못 끼고

온 꽃마을에 부끄러운데

물이 떨어져 수락인지

받아주겠다는 수락인지

수락폭포가 있어

나도 여기 한 며칠 묵으면

죄도 부끄럼도 다 씻고

산수유 노란 때깔마냥으로 제법

빛날 것도 같으데

비디오 리모컨처럼

그런 순간이 얼마나 있을까만

돌아가고 싶은 순간이 있으면

탐색 기능을 활용하면 되지

그대로 정지하고 싶은 순간은 또 왜 없겠어

영원히 머물 순 없어도 일시 정지할 수 있는 기능도 있지

안되겠다 싶으면

처음부터 시작할 수도 있어

강물을 거슬러 뛰는 연어처럼 시간을 거슬러

기대로 부푼 꿈의 알들을 부화시킬 수도 있지

고통의 순간에 오래 머물 필요는 없어

2배속 3배속도 가능하지

아니 건너뛸 수도 있어

치욕의 순간이거나 지루한

혹은 멋대가리 없는 대목에선

빨리감기 버튼을 누르면 되지

편리하잖아 재편집도 가능해

재생버튼만 누르면 언제라도 산뜻하게 시작할 수 있어

인간은 위대하지 그래서

인생은 한 편의 완벽한 작품이 되는 거지
신神만이 고장난 리모컨을 쥐고
플레이밖엔 되지 않는 지루한 비디오를
처음부터 끝까지 다 보고 있는 거야
불쌍한 아주 불쌍한

낙엽을 밟았다는 사건

밟히는 순간 아득히
부서지는 낙엽들의 소리

내가 걸음을 갑자기 멈춘 것은,
오후 약속을 잊은 것은 그 소리 탓이었다
그녀는 기다리다 떠나갔고
나는 언덕에서 네 시 기차가 떠나는 소리를 듣는다

– 한 생生이 낙엽 부서지는 소리로 바뀔 수 있다니

또 발 밑에선 낙엽이 부서지고
먼 곳에선 새가 난다
누군가 또 약속을 잊고
누군가 또 기차를 바꿔 타나보다

낙엽 소리에
먼 하늘 별이 돋는다

복숭아꽃 아래서

부풀은 처녀의 젖꽃판 같은

복숭아 꽃잎을 따서

갓 우려낸 작설 찻물에다 띄워놓고

한 손으론 잔을 받치고

지그시 기울이면

무릉이 어디 따로 있겠는가

도색桃色도 이쯤이면 속되지는 않아서

이렇게 복사꽃 붉은 날엔

애먼 그리움 하난 있어도 좋겠다

차마 꽃잎을 따지는 못하고

눈으로만

벌써 녹빛이 물들도록 차를 마시는데

그것을 알고 복숭아

저도 뜨거워지는지 꽃잎을

그 젖꽃판 같은 꽃잎을 뿌려주네

소금의 노래

바다는 뉘를 그려
제 몸에 사리를 키웠는지
곰소 염전에 쌓인 소금더미 보겠네
그대,
소금의 소리를 들어본 적 있는가
푹푹 빠지는 갯벌이거나
난바다 바닷물 속
뒹굴고 나자빠지면서 부서지고
아우성치던 흐느낌도 잦아들어
내 것 아닌 것 바람에 돌려주고
햇살에 돌려주고 끝끝내
더 내어줄 수 없을 때까지 내어주고
비로소 부르는 순백의 소금 노래를
그대 듣는가
에라 모르겠다 다 가져가라 내던지고
돌아서는 가슴에서
묵주알 구르는 소리 같은 것
눈물이 사리가 되어 내는

그 고요한 소리의 반짝임 같은 것

연어가 돌아가셨네

섬진강에 연어가 돌아가셨다네
얕은 여울 자갈 틈새에
알을 낳고는 연어는 곧 죽어버린다네
연어가 돌아왔다고
인간의 입장에서가 아니고
나는 연어의 입장에서 말하기로 하네
연어의 잔뼈를 키운 저 북태평양의 거친 물결과
베링해의 푸른 바람의 입장에서 말하기로 하네
캄차카반도와 저 알래스카를 휘돌아
연어는 죽기 위해
오직 죽기 위해
강에 돌아간다네 돌아가 죽는다네
서서히 제 살점을 물에 풀어놓는다네 죽은 연어가
몇 점 떼어준 그것은 숭어에게로 돌아가네
피리에게 모래무지에게
강변의 버드나무 뿌리에게 수달에게 물까마귀에게
무엇보다 금방 태어날 제 새끼들에게 돌아간다네
그 미래의 시간에게 저를 되돌려주네

4만6천 킬로 먼 길 달려가

애초 있던 그 자리에로 저를 돌려주어 버리네

탯자리에서 몇 킬로도 벗어나지 않아

돌아갈 길 잃어버린 내 미망이 부끄러웠네

나는 연어가 돌아가셨다고 말하기로 하네

꿀물을 마시며

살아야 할 그 어떤 이유가 있다면
그것 때문에 죽어도 좋다는 말일까

꿀벌은
지켜야 할 생명과 같은 그 어떤 것을 위해서
제 몸의 일부인 침을 적에게 찌르고는
죽어간다

그것 때문에 죽어도 좋을 이유가 있다면
살아도 좋을 까닭이 있다는 것일까

오늘 하루 분의 건강을 위해
꿀벌이 토해 놓은 꿀물을 마셔야 할
이유가, 그 생명과 같은 것이 나에게
있긴 있는 것일까

숲, 혹은 사랑에 관한 변주 1
- 독초에게도 향이 있다

꽃이 피지 않아도 숲엔 향기가 있다

숲에 사는 가시투성이 엄나무는

다른 엄나무에게 보내는 향기가 있다

독초라고 부르는 풀잎에도 향기가 있다

그 풀잎에게 물어보라

독초라는 이름 대신

향기로운 이름이 있다

그것을 숲 속의 푸나무들은 그리움이라 부르는지 모른다

그 그리움이 다른 그리움을 만났을 때

푸나무들엔 꽃이 핀다

그때의 향기를 말해 무엇하랴

그것을 숲 속의 푸나무들은 사랑이라 부르는지 모른다

숲엔 언제나 숲의 향기가 있다

숲, 혹은 사랑에 관한 변주 2
- 슬픔도 모여서 힘이 된다

비바람이 친다 나무 하나가 울었다

우는 제 울음소리에 취해 더 울었다

울다가 둘러보니 저 혼자만 우는 것이 아니었다

다른 나무도 울고 있었다

나무는 울음소리를 낮춘다

때로 슬픔도 모여서 힘이 된다

같은 방향으로 쓰러지며 나무들이 운다

그리하여

숲이 우는 소리는 노래가 된다

숲, 혹은 사랑에 관한 변주 3
- 쓰러진 것은 쓰러진 것끼리

큰 바람 지난 뒤

쓰러진 푸나무들을 아무도 일으켜 세우지 않는다

두고 보라고

쓰러진 것은 쓰러진 것끼리 기대어

일어설 거라고

쓰러져서 누워본 자만이 알 수 있는

세상의 푸른 하늘은

또 있을 거라고

숲은 저희들끼리 푸르다

숲, 혹은 사랑에 관한 변주 4
- 꽃이 피는 까닭

풀잎이라 하여 나무라 하여

어찌 살냄새가 그립지 않겠는가

바람이 불면

함께 흔들리며 춤추는 숲의 흘레

몸이 곧 언어인 숲의 시민들

그리우면 그립다 말하여

서로를 상해버리는 언어를 버리고

그리우면 다만

숲의 나라 시민들은 입에 꽃 한 송이 피워 문다

제중한의원 황토방

태어나서부터 죽어간다는 말이 그르지 않다면
꽃이 시들기 시작하는 시점은 언제일까

평생 어깨가 결리다는 할머니 한 분
제중의원 황토방에 들어가시네

적외선 알전구 아래
피투성이 같은 피투성被投性의 몸뚱이여
현실의 황토방이
무덤 속 현실玄室만 같네

가령 저온 저장고에 저장되었다가 나온
장미는 살러 가는 것일까 죽으러 가는 것일까

늙지도 않은 한의사는 신神처럼 거짓말 하네
십 년은 젊어지신 것 같습니다 할머니
시원하다 꽃처럼 환히 웃으며 나오시네

물음표(?)는 살아 있다

백로가 강여울에

그리움처럼 먼 데를 바라볼 때 슬픈 짐승의 모습이다가도

가끔 물속을 들여다볼 때는

구부린 모가지가 물음표 같다

사색하고 있다고

제 모습을 물낯에 비춰보는 거라고 누군가

시적으로 말할지 모르지만

솔직히 말하자

물속의 제 먹이를 찾느라 목이 휜 것이다

왜 당신의 허리는 물음표를 닮았느냐고

굽은 허리로 힘겹게 육교를 오르는 할머니께 물어보라

그리움이라든가 사색

낭만 어쩌고 시가 어떻고 했다가는

뺨 맞기 십상이다

먹이 앞에서는 사람도 백로도 일단 숙여야 하기 때문이다

그때가 살아 있을 때다

물음표(?)가 느낌표(!)로 쭉 뻗으면 관 속에 누울 시간,

먹이를 더 찾을 필요도 없는 순간이다

사람과 백로가 닮은 점이 그것이다

4부

꿈꾸는 목련나무

저녁이 되자 아이는 타고 놀던 자전거를
아파트 앞 목련나무에 긴 줄 자물쇠로 매어놓는다
사람들이 잠을 자는 동안
나무는 아이 대신 자전거를 타고 논다
나무만이 아는 자전거 타는 법이 있어
아무도 모른다
실은 나무가 자전거를 타는 것을 보아도
보았다고 말하는 것이 아니긴 하다
나무가 사람에게 자전거 타는 것 보았다고 말한 적 있던가
춤추듯 출렁이는 목련가지의 율동을 온몸에 받으며
목련나무를 태운 자전거는 즐거웠을 것이다
새 잎이 또 나고 꽃몽오리까지 맺힌 것을 보면 밤새
사랑까지를 다 익히고 돌아왔을 터인데
어디까지 다녀왔는지 묻는 것도 예의가 아니다

누가 자전거를 훔쳐갈까봐
자전거를 나무에 매어놓은 거라고 말하진 말자 그것은
목련나무를 누가 뽑아갈까봐 자전거에

목련을 매어놓았다고 말하는 것과 같다

아이가 목련나무와 말뚝을 구분하지 못한다고 할 텐가

고단한지 서로 기대고 아침 늦게까지 자는 놈들에게

깨워서 묻는 일이란 없어야겠다

그러면 목련나무가 깨어 말할지도 모른다

우리에게도 꿈이 필요해

그러나 목련은 아무 말 하지 않을 것이다

즉시 자전거를 탈 수 없기 때문이다

마이산에서

몇 십만 년 전에 호수였던 그것이
서서히 아주 서서히 솟아올라서
바위산 암마이산 수마이산 되었단다

아직도 저 바위 호수 속에는
율량율량 헤엄치던 물고기의 율동이며
물고기가 펄쩍 뛰었을 적의 동심원 같은 것들이 새겨져 있
을 터인데

물속의 그것들을 하늘로 하늘로 밀어 올려서
커다란 말 귀처럼 솟구쳐 올라서는
해와 달과 별과의 은밀한 비밀이거나
하늘의 귀한 소식이거나를 듣고 있는 것이다

하도나 높은 저 꼭대기에선 솔개들이
바위 구멍엔 비둘기들이
말하자면 몇 십만 년 전의 호수에 둥지를 틀고 있으니

헤아릴 수 없는 시간을 두고

물고기와 새들은 제 자리를 바꾸기도 하는 것이어서

마이산 아래에 죄 많은 사람 사람들

돌을 모아 탑을 쌓는 것도 그럴 것이다

몇 십만 년이거나 몇 억만 년이거나를 두고

저 하늘 깊은 데쯤은 이를 요량으로

암마이산 수마이산처럼

우리 마음은 으쓱 높아보는 것이다

등

전신주에 올라가면 위험하다는
경고문구도 외면한 채
전신주 지지 와이어를 타고 오르려는 저 칡넝쿨에게
죄 없음이여

전등 하나 밝혀 지키려는
사람 사람에게 죄 없듯

위를 향한
태양을 향한, 이윽고 제 몸에도
꽃등 하나 밝혀 지키려는
저 발돋움의 가상함이여

전신주 지지 와이어에 깔때기를 씌우고
무심히 칡넝쿨을 자르는
한국전력 직원에게 죄 없듯

한 달이 채 되기 전에

다시 타고 오르는 아침 햇살의

이 무량한 안도여

눈 오는 화엄사에서

지워진다 세상 하나가

산이

있었던 본래 자리에로 사라진다 혹은

없었던 그 모습으로 길들이 돌아간다

발자욱 지워진다

지워진다 지리산

밀렸던 눈이 상앗빛 채찍으로

휘감기며 무너진다

무너져 지워지는 것의 아름다움

불이문不二門* 안으로

밖으로

사라지는 내 모든 그대

길은 없다 산도

절도 마침내 불이문도 지워지고

이 세상 온전한 이별 하나 배운다

마지막 내가 내게서 떠나야 할 때

화엄,

내리는 눈처럼

꽃으로 떠나가기 위하여

문득 우주 밖의 일들이 더 이상 궁금하지
않은 시간이 그렇게 있긴 있는 것이다

이슬 한 방울이

휘 - 청

달빛을 궁글리자

그것을 받으려고

팽팽한 꽃봉오리가

톡

꽃잎들을 펼치는

찰나

뗏목 한 척

18번 국도를 건너던 짐승 한 척

흔적으로 가죽 한 장 아스팔트 바닥에 남았네

족제비였을까

살쾡이였을까 오체투지 짐승의 나날

이제

저 언덕에 닿아서는 꽃으로 흔들릴까

뗏목 한 마리 버렸으니

다시 이쪽 언덕이 그립지나 않았으면

그립지나 않았으면…

차바퀴들이 지날 때마다 경전*처럼 흩날리는 바람 몇 구절

* 뗏목의 비유: 부처님이 말씀하셨다고 한다. "바다를 건넜으면 마땅히 뗏목을 버려
  야 하지 않겠느냐?" -『남전중부타유경南傳中部蛇喩經』에서

쌍계사에서

일주문 지나 오른편 언덕에

몇 백 년 묵은 아름드리 나무가

묵선에 든 듯 바위 위에 앉아 자라는 것과

대웅전 옆 토담

그 속에 박힌 기와 몇 장이

꽃잎 모양으로 꽃 핀 것과

아무런 관련이 없는 듯 하여도

풍찬노숙風餐露宿 꽉꽉한 노구를 끌고 와

죽어서의 일까지로 머릿속이 왁자한 할매 한 분

대웅전에 들지 않고도

연신 거기에 합장하는 것을 보면

저 나무 하나도 부처만다워서

저 기와꽃 한 송이도 조사祖師만다워서

그 노파도 보살만다워서

삶과 죽음, 두두물물頭頭物物이

한 마당 안에서 고요로히 화해하는 것만 같아서

두루 하나인 것만 같아서

허물

나무둥치를 붙잡고 있는 매미의 허물 속
없는 매미가 나무 위에 우는 매미를 증명하듯
저 매미는 또 매미 다음에 올 그 무엇의 거푸집인 것이냐
매미의 저 울울鬱鬱한 노래가 또 무엇의 어머니라면
세상의 모든 죽음을 어머니라 불러야 옳다

허공에 젖을 물리는 저 푸른 무덤들

한때는 벌레였던 허공과 한때는 허공이었던 벌레에 대하여

허공을 갉아먹고 사는 벌레가 있다

날마다 갉아먹은 허공만큼씩 허공이 무너지고
그 무너진 허공을 커진 벌레가 제 몸으로 떠받치고 있다

벌레의 이쪽은 갉아먹은 허공이고
저쪽은 아직 갉아먹지 않은 허공인 것이다

벌레가 제 몸을 놓아버리면 이쪽도 저쪽도 허공이다

그러니 벌레가 곧 허공인 것인데
세상 만물이,
그렇지 아니한 벌레가 어디 있단 말인가

소나기

꿈이었을까
없었던 것 같은 그러나
분명 있었던 일

옥수수 잎 뒤에 숨었던 달팽이 한 마리
아무 일 없었던 것처럼
다시 옥수숫대를 기어오르고

거짓말처럼 내리쬐는 햇볕 속에
저 무지개가 증명하는 것은
있는 일인가 없는 일인가

낮꿈 같은 이 생에 뒤에
우리 사랑은 있었던 일인가 없었던 일인가
무지개는 떠 있을 것인가

화암사를 찾아서

나는 지금 화암사에 가지 않는다네
애초에 산새 몇 마리 구름 몇 조각
바람 한 줄기만이 화암사 길 알았지
애면글면 세상일 힘이 부쳐
넘어지듯 헛디딘 발길을 안아주던
화장끼 없이 곱게 삭은 여자,
백일홍 몇 가지 드리우고
해종일 눈시울 닦아주던 여자 같은
화암사
아무도 그 길 모르라고
이정표를 몰래 꺾어놓고 싶네
화암사 길 모른다네
바람이나 구름이나 산새만이 아는 길
누군가 또 지친 발길 헛디뎌 찾기까지는
화암사는 없다네
나 오늘도 화암사엘 가지 않네

낙엽

벌레에게 반쯤은 갉히고
나머지 반쯤도 바스러져

간신히 나뭇잎이었음을 기억하고 있는,
죄 버려서 미래에 속한 것을 더 많이 기억하고 있는

먼 길 돌아온 그래서 가야 할 길을 알고 있는 듯
언제든 확 타오를 자세로

마른 나뭇잎

부레옥잠

누군가의 이름에 세 들어 사는 자는 누구의 꽃을 피울까 옥잠도 아닌 것이 그렇다고 부레도 아닌 것이 남의 이름에 기대어 옥잠으로 불리며 연잎처럼 물에 떠 있다 뿌리를 뻗어 흙에 닿으려 해도 흙에 닿는 순간 부레를 버려야 하고 옥잠에 이르려면 물을 버려야 한다 연잎은 더욱 아니어서 한 덩어리 불타는 꽃으로 제 이름을 증명할 수노 없다

오늘 아침 부레옥잠은 부레옥잠의 꽃을 피웠다 부레옥잠은 부레가 아니어서 옥잠이 아니어서 더구나 연잎이 아니어서 부레옥잠이다 부레옥잠은 또한 부레옥잠이 아니어서 오늘 아침 어느 누구의 것도 아닌 부레옥잠의 꽃을 피웠다 다만 이름이 부레옥잠에 세 들어 살기 때문이다

사과 앞에서 망설이는 이유

땅 속 깊은 데서
실뿌리가 길어 올린 순수純水와

잎잎이 받아들인
달과 해와 별빛이
여기 고였으니

사과나무 하나가 받쳐들고 서 있는
이 사과 한 알이 우주가 아니겠는가

나에게 묻는다
사과 한 알 빚어본 적 있는가 누구에게
발가벗은 온 우주로 다가가본 적 있는가

형광등
- 죽음에 대한 한 견해

쵸크다마*라고도 했고

스타트전구라고도 했지

한 번 반짝임으로 제 소임을 다하는 순간의 빛

그게 있어야 형광등의 빛은 비로소 켜졌지

그렇다면

이 생生은

한 번 깜빡이는 그 쵸크다마나 같은 것일까

얼마나 환할까나

화두 같은 이놈이 켜놓을 형광등은,

* 일본어의 영향인지 형광램프용 글로스타터를 그렇게 불렀다.

연막소독차의 추억

지독한 추억이 붕붕거리며 지나간다

있는 문은 죄다 열어제치고
기계충 맨대가리 동무와 나와 순이가
이 끓는 속옷바람으로 뒤따라가면
소독차가 사라져간 길 끝으로 언젠가는 올 것 같던 그 환
한 세상

뇌염도 장티푸스도 더러움도 나이롱뽕도 지꼬땡도 술주
정도
칼부림도 모기도 파리도 아버지도 가난도 그리하여 죄도
죄다 소독시켜 버릴 것 같은
소독차가
오공 육공 하수구 구녁마다 꿈의 연막을 꽃구름처럼 뿜어
놓고 갔지만
세상도 우리도 아직 순결해지지 않았다

연막소독가스 속에서 자라서는 연막최루가스 속에서

환한 세상 기다리던 동무들

더러는 포주 같은 업주가 되었고 더러는 포주보다 독한

단속반이 되었고 한 해에도 몇 십 명씩

실업자와 범죄자를 졸업시키는 나는 선생이 되었다

또 소독차가 지나가고

한 무리의 아이들이 따라간다

끝없을 희망 속으로⋯ 문민 궁민⋯ 붕 붕 붕

조장鳥葬
- 이중섭의 「달과 까마귀」

길은 끊겨 있고

서리 내린 벌판 위

차가운 달 속으로 내리는 까마귀

새여,

네 날개와 부리가 식욕으로 번뜩이는 동안

나의 주검은 거기 옷 벗고 있으리라

내 눈과 귀

살과 뼈 쪼아다오

염통과 간 그리고 마지막

화려한 그 무엇이 보고 싶거든

세포마다 아직도 아물지 않은 상처 아픈 사랑

보여주리라

한 톨의 피까지도 쪼아다오

다시는

태어나지 않으리라

불타는 윤회의 시간 속

다시 나의 탯줄에 불붙기 전에

새여, 휴식의 새여

내 노래는 바람에 주고

내 눈빛은 별에 주고

쪼아다오

다시는 태어나지 않으리라

산길

산정에서 보면
더 너른 세상이 보일 거라는 말은
수정되어야 한다

산이 보여주는 것은 산
산 너머엔 또 산이 있다는 것이다
절정을 넘어서면
다시 넘어야 할 저 연봉들…

함부로 희망을 들먹이지 마라
허덕이며 넘어야 할
산이 있어
살아야 할 까닭이 우리에겐 있다

텅 빈 삶의 향기

전정구 (문학평론가, 전북대 명예교수)

1

복효근은 세 권의 시집을 펴낸 바 있다. 『당신이 슬플 때 나는 사랑한다』(1993)와 『버마재비 사랑』(1996), 그리고 『새에 대한 반성문』(2000)이 그것들이다. 1991년 『시와시학』 겨울호로 등단한 그는 이 시집들에서 서정시인으로서의 위상을 확고히 다져왔음을 보여준다. 단순한 서정의 심화나 문체의 매력에 의해 감흥을 자아내는 종류의 시편들이 아님에도 불구하고 그것들은 우리 시단에서 주목받을 만한 요소를 지니고 있다. 한국 서정시의 형식미를 계승해 온 점도 그렇지만, 보다 중요한 것은 그의 작품이 전통 서정시의 내용미를 풍부하게 개척할 여지를 지녔다는 점이다. 세 번째 시집에 실린 「소리 물고기」에서 그 징후를 읽어본다.

"내소사 목어 한 마리 내 혼자 뜯어도 석 달 열흘 우리 식구 다 뜯어도 한 달은 뜯겠다 그런데 벌써 누가 내장을 죄다 빼먹었는지 텅 빈 그 놈의 뱃속을 스님 한 분 들어가 두들기는데……// 소리가 하, 그 소리가 허공 중에 헤엄쳐 나가서 한 마리 한 마리 수천 마리 물고기가 되더니 하늘의 새들도 그 물고기 한 마리씩 물고 가고 칠산바다 조기떼도 한 마리씩 온 산의 나무들도 한 마리씩 구천의 별들도 그 물고기 한 마리씩 물고 가는데(…)// 온 우주를 다 먹이고 목어는 하, 그 목어는 여의주 입에 문 채 아무 일 없다는 듯 능가산 숲을 바람그네 타고 노는데(…)// 숲 저쪽 만삭의 달 하나 뜬다"(「소리 물고기」)

이 작품은 그의 시세계를 가늠하는 중요한 바로미터이다. 목어木魚 소리에서 촉발된 행위들은 시인이 한순간 우연히 떠올려 본 상상력이 아니다. 그것은 현대적 삶에 대한 깊은 사색의 결과로 판단되는데, 「소리 물고기」는 일반 서정시가 감당하기 어려운 의미의 파장을 불러일으키기 때문이다. 표현내용이 현실세계에서 가능한 것도 아니고 텍스트 내적 맥락에서 그 내용의 고유한 의미를 확정하기 어렵다는 점에서 이러한 추론이 가능하다. '소리 물고기'라는 단어는 텍스트 내적인 의미에 갇혀 있는 것이 아니다. 중요한 것은 소리 물고기를 매개로 전개되는 거침없고 활달한 액션들을 통하여 우리의 마음으로부터 온갖 물질적 탐욕을 사라지도록 만들었다는 점이고, 물질세계 너머로 상승하는 정신세계의 무한

한 가능성을 노래했다는 점이다.

환상적인 '목어 이야기'가 현실의 맥락에서 중요한 생의 의미를 담아내고 있는 것은, 텅 빈 그곳의 소리가 빚어낸 나눔의 기적, 그리고 그 기적이 발산하는 삶의 향기이다. 그 향기는 목어 한 마리가 불러낸 것이다. '텅 빈 삶의 향기'가 그윽하게 풍기는 「소리 물고기」가 보여주듯이, 시인은 문학적 사유활동 자체를 생활의 값진 경험으로 받아들인다. 그의 시쓰기가 일상의 삶을 반성적으로 성찰하는 행위의 연속선 위에 놓여있는 이유가 여기에 있고, 그것은 이번에 발간하는 『누우 떼가 강을 건너는 법』이라는 네 번째 시집에서도 동일하게 나타난다.

사회에서 쟁점이 된 이슈나 난해한 현대이론을 가지고 잔꾀를 부리지 않는 대신에 복효근은 시문학의 사명에 대한 자각만큼은 철저하다. 철학의 사명에 합당한 '삶의 존재방식에 관한 전체적인 조망'을 찾는 일에 그의 관심이 집중되어 있는데, 네 번째 시집의 주된 내용도 여기에 초점이 맞추어져 있다. 무엇을 쓰든 그리고 그것을 어떻게 다루든, 혹은 그것이 현실의 맥락을 벗어난 것이든 그렇지 않은 것이든 그의 시쓰기는 삶의 존재방식에 관한 탐구와 깊이 연결되어 있다.

그것은 시문학이 일상생활에 없어서는 안될 어떤 것이라는 믿음, 다시 말하면 자신이 살아가는 것과 긴밀하게 연결되어 있다는 생각이 뒷받침된 것이다. 이번 시집도 이러한 생각과 믿음을 실천하는 시쓰기가 중심이 되고 있다는 사실은 의심의 여지가 없다. 한 권의 시집으로 묶였을 때 전체를 관통하는 내용의 응집력이 부족한 것도 삶에 관한 전체적인 조망을 '어떻게 전달할 것인가'에 관한 문제에 고심했기 때문이다. 최근 작품은 물론이고 그 이전의 초기시부터 복효근은 자신이 의도한 예술적 메시지를 간단 명료하게 전달하는 것의 중요성을 깨달았던 시인이다.

2

'삶의 존재방식에 관한 조망'을 겨냥하는 그의 창작활동은 상당부분 일상의 체험을 평이한 언어로 옮겨놓는 일로부터 시작된다. 「구두 뒤축에 대한 단상」역시 일상생활과 밀착된 소재를 다루고 있는데, 닳아버린 구두뒤축에 관한 관찰을 통해 삶 전체 국면을 조감하고 있다.

겉보기에 멀쩡한데

발이 빠져나간

구두 뒤축이 한쪽으로 심하게 닳았다

보이지 않은 경사가 있다

보이는 몸이 그럴진대는

헤아릴 수도 없을 마음의 경사여

구두 뒤축도 없는 마음의 기울기는
무엇이 보정補正 해주나 또
뒷모습만 들켜주는 그 경사를 누가 보아주나

마지막 구두를 벗었을 때
생애의 기울기를 볼 수는 있는 것인가
수평을 이룰 때 비로소 완성되어버릴 생이여, 비애여

닳은 구두 뒤축 덕분에 나는 지금 멀쩡하게 보일 뿐이다

- 「구두 뒤축에 대한 단상」 전문

　멀쩡한 구두의 감추어진 부분, 즉 구두 뒤축에 관한 이야기가 이 시의 표면적 내용이다. 그러나 그 이면의 핵심 의미는 인생의 '보이지 않은 경사'의 문제이다. 한쪽으로 심하게 닳아버린 구두 뒤축은, 생애의 기울기를 비유하는 적절한 소재가 된다. 구두 뒤축의 기울기와 생애의 기울기를 대비시킴으로써 시인은 수평을 이루지 못한 삶에 대한 반성적 성찰의 계기를 마련한다. 평범한 일상의 소재에 그 자신의 삶을 접합시켜 형상화하는 방식이 복효근 시의 감동의 폭과 깊이를 결정하는 요인인데, 중요한 것은 시인의 삶에 대한 반성적 자

기성찰이 한 개인의 생활범위를 너머 보편적인 삶의 국면으로 확산된다는 점이다.

복효근 시에서 의미의 울림이나 감동의 효과는 일상의 소재보다는 자연에서 택한 소재를 다룬 시편들에서 훨씬 크다. 그것은 자연을 소재로 한 작품들이 그렇지 않은 것들에 비해 풍부한 서정성과 더불어 의미심장한 감흥을 불러일으키는 데 효과적이기 때문이다. 자연을 다룬 시편들은 자연현상의 관찰을 통하여 삶의 근본원리를 발견하고 이것을 통해 일상생활을 되돌아보는 과정에서 탄생된 작품들인데, 자아의 내면을 비추어 내거나 자신의 삶을 숙고하는 경우가 대부분이다. 바닥을 드러냈을 때 자신의 모습을 바로 보는 강의 모습을 그려낸 「강은 가뭄으로 깊어진다」가 여기에 해당한다.

가뭄이 계속되고
뛰놀던 물고기와 물새가 떠나버리자
강은
가장 낮은 자세로 엎드려
처음으로 자신의 바닥을 보았다

한때
넘실대던 홍수의 물높이가 저의 깊이인줄 알았으나
그 물고기와 물새를 제가 기르는 줄 알았으나

그들의 춤과 노래가 저의 깊이를 지켜왔었구나

강은 자갈밭을 울며 간다

기슭 어딘가에 물새알 하나 남아 있을지

바위틈 마르지 않은 수초 사이에 치어 몇 마리는 남아있을

지…

야윈 몸을 뒤틀어 가슴 바닥을 파기 시작했다 강은

제 깊이가 파고 들어간 바닥의 아래쪽에 있음을 비로소

알았다

가문 강에

물길 하나 바다로 이어지고 있었다

　　　　　　　-「강은 가뭄으로 깊어진다」 전문

　자연의 모습과 인간의 삶이 다르지 않다는 인식이 그의
시의 바탕이 되고 있는데, 그것은 고난을 겪어본 후에야 인
생의 깊이를 알게 되는 경험에서 비롯된다. 자연현상과 사회
현상이 근본적으로 유사하다는 시인의 생각은 자신만의 독
특한 관점으로 자연을 관찰한 결과에서 비롯된 것이다. 그
관점은 물고기와 물새의 "춤과 노래가 저의 깊이를 지켜왔
었구나"라는 진술에 나타나 있다. 강의 깊이를 지켜 온 것은
'물새와 물고기의 노래와 춤'이라는 해석은 일반과학의 그것

과 다른 문학적 상상력의 소산이고, 그것은 시인이 세계를 지각하는 방식과 결부되어 있다. 주의해야 할 중요한 점이 여기에 있다.

그의 작품에 등장하는 자연은 우리의 감각에 지각되는 그대로의 물질세계와 다르다. 그의 작품에 나타난 자연은 원래 모습 그대로의 자연이 아니다. 그것은 시인의 내면공간에 자리잡은 풍경을 대신한다. 그 풍경이 시의 공간적 배경을 이룰 때 인간과 자연은 둘이 아닌 하나가 된다. "저 길도 없는 숲으로/ 남녀 여남은 들어간 뒤/ 산은 뜨거워 못 견디겠는 것이다"(「단풍」) 등 그가 다룬 자연은 인간과 공존한다. 인간과 자연은 분리된 존재가 아니라 결합의 관계로 맺어져 있다. 단절이 아니라 끊임없이 이어지는 인연의 연속, 그것이 인간과 자연의 본연의 관계이다. 과학자가 매장해 버린 인간과 자연의 공존을 복원시킨 「복사뼈에 대한 단상」은 그 둘 사이의 뗄 수 없는 인연을 확인시켜 준다.

복숭아를 먹다보면

필연코 단단한 씨를 만난다

그것은 말하자면

복사꽃의 끝

단맛으로 깊어가던 복숭아의 끝

끝나버린 복숭아씨, 그것은

또 꽃피울 복숭아의 머언 먼 시작이려니

귀 기울이면

그 속에 비가 내리고 새가 울리라

나에게도

복숭아뼈라 부르는 씨 하나가 있어

살아버린 나는 무엇인가의 맛 나는 과육이 되어야겠다

언젠가

내 과육을 다 먹은 시간이 그 끝에 만나고야 말 그 씨는

나의 시작인지도 모르는 일이어서

들으면 들리리라 비 내리는 소리

내 안에서 우는 새소리

꽃 피는 소리

끝이 시작으로 이어지는 지점

내게도 복숭아씨가 있다

-「복사뼈에 대한 단상」전문

"끝나버린 복숭아씨, 그것은/ 또 꽃피울 복숭아의 머언 먼 시작"이라는 구절에 복효근의 작품 안에 자리잡고 있는 불교 사상이 반영되어 있다. 자연에 속한 모든 존재는 그 어느 것도 우연히 생겨난 것은 아니다. 자연계의 이것과 저것은 윤회의 끈으로 이어신 필언을 통해 그 본연의 모습을 드러낸다. 자연의 섭리에 의해 존재를 부여받은 인간의 복사뼈나 복숭

아씨도 마찬가지이다. 서구과학과 자본주의 문명이 자연과 인간을 구분하면서 그 둘 사이를 분리시켜 온 것을 시인은 거부한다. 분리와 구분을 없애는 것이 그의 과업이다. 그 과업은 인간을 다시 자연으로 인도해야 할 시문학의 사명과 통하는 것이다. 작은 씨앗과 인간 신체의 일부가 서로 의미 있는 관계로 설정된 이 시가 그것을 알려준다.

"들으면 들리리라 비 내리는 소리/ 내 안에서 우는 새소리/ 꽃 피는 소리" 등 그의 시는 물질의 탐욕과 속도의 시대에 매몰된 현대인이 잃어버린 소중한 것이 무엇이며, 그것을 회복하는 길이 어떤 것인가에 대한 메시지를 담고 있다. 속도의 시대가 만들어낸 함정에 빠져 허둥대는 인간의 구원이라는 보다 심원한 프로젝트가 그의 시속에 내재되어 있다. 그것은 우리가 흔히 이야기하는 자본주의적 근대과학이 기획한 프로젝트와 방향을 달리한다. 그 다른 점은 한 시인의 소박한 상상력에 입각해 있지만, 그것은 현대과학이 지배하는 자본주의적 문명세계에서 해결하기 어려운 난제를 풀어내는 단순함이 돋보인다.

3

　자연관찰을 통해 자신의 삶의 정체성을 구성해 나간 복효근은 순간 순간의 삶의 장면들을 다양한 자연풍경으로 치환

시킨다. 그 풍경은 기억 너머의 과거생활을 반추하는 추억의 공간이 아니다. 그것은 자본과 속도가 지배하는 인공적 도시의 반대쪽에 놓여진 생명 나눔의 장소이고, 화해의 삶이 이루어지는 세계의 조화를 함축하는 것이다. 따라서 자연생태와 인간생활의 대조적 국면을 부각시킨 복효근의 시쓰기는 인간사회의 여러 현상을 파악하는 것이며, 현재 당면한 우리의 삶의 문제를 성찰하기 위한 것이다. 이러한 점에서 그의 시가 우리에게 깨우쳐 주는 것은 자연미의 본질과 특성을 표현하는 서정시 본연의 임무가 자연경관 자체의 속성을 파악하는 것으로 한정되어서는 안 된다는 점이다. 자연질서의 모순을 포용하고 자연생태계의 평화 뒤에 숨어 있는 투쟁까지도 우주만물의 질서로 파악할 때 우리는 자연의 근본 법칙의 진실에 근접할 수 있다. 「누우 떼가 강을 건너는 법」에서 자연이라는 미적 대상이 집단과 집단, 혹은 집단과 개인의 특수관계를 상징하는 표현의미를 지니게 되는 까닭이 여기에 있다.

건기가 닥쳐오자
풀밭을 찾아 수만 마리 누우 떼가
강을 건너기 위해 강둑에 모여섰다

강에는 굶주린 악어 떼가

누우들이 물에 뛰어들기를 기다리고 있었다

그 때 나는 화면에서 보았다

발굽으로 강둑을 차던 몇 마리 누우가

저쪽 강둑이 아닌 악어를 향하여 강물에 몸을 잠그는 것을

악어가 강물을 피로 물들이며

누우를 찢어 포식하는 동안

누우 떼는 강을 다 건넌다

누군가의 죽음에 빚진 목숨이여, 그래서

누우들은 초식의 수도승처럼 누워서 자지 않고

혀로는 거친 풀을 뜯는가

언젠가 다시 강을 건널 때

그 중 몇 마리는 저쪽 강둑이 아닌

악어의 아가리 쪽으로 발을 옮길지도 모른다

                       - 「누우 떼가 강을 건너는 법」 전문

   낭만적 이상향으로 자연을 대해온 시각에서 도달할 수 없는 삶의 질서나 법칙에 대한 예리한 인식이 「누우 떼가 강을 건너는 법」에 반영되어 있다. 그것이 직접 경험이든 간접 경

험이든 그것은 상관없다. 문제는 냉혹한 자연의 법칙을 응시하는 시인의 시선에 자신의 삶의 실체에 대한 명상이 자리잡고 있다는 점이다. 공동체의 지속 가능한 생존방식과 그러한 목적을 위해 자기희생을 감수하는 누우의 모습을 표현한 점이 그것이다. 조화와 균형이 지배하는 평화로운 자연풍경 내부에서 벌어지는 비정한 생존의 모습, 그것은 고귀한 또 다른 생명의 희생이 뒷받침된 것이다. 그 생존은 또 다른 존재의 죽음에 빚진 것이다. 자연의 질서는 동정과 연민을 용납하지 않는다는 복효근의 관점에서 현실사회의 난맥상-이기주의와 개인주의의 문제가 해결될 수 있다. 누우를 포식하는 악어의 행동은 약육강식의 정글법칙이 아니라 우주만물의 자연스런 운행일 뿐이다. "누군가의 죽음에 빚진 목숨이여"가 말해주듯이, 한 존재의 생존은 또 다른 존재의 희생에 의한 것이다. 우리의 생명은 누군가의 목숨, 다시 말하면 다른 사람의 죽음에 의해 보장받은 것이다.

이 땅에서 쓰여진 상당수의 생태시들이 자연의 진정한 모습을 조작함으로써 유토피아적 자연관을 형성하는 기획에 협력해 온 것이 사실이다. 자연의 모습을 왜곡하여 경험적 자연이 아닌 환상적 자연을 그려냄으로써 그것들은 자연의 진실을 은폐하는 기획에 동참해 왔다. 그대로의 자연현상을 이해하려는 진지한 자세가 부족하거나 없었던 우리 시단의 생태시들과 비교되는 복효근 시의 진면목이 여기에 있다.

그의 시가 진한 서정성을 기반으로 하고 있으면서 스스로 감상과 낭만의 나락에 떨어지지 않는, 그리하여 생경한 관념의 토로에 그치지 않는 비결도 이 대목에 있음은 자명하다. "숲엔 언제나 숲의 향기가 있다"(「숲, 혹은 사랑에 관한 변주 1-독초에게도 향이 있다」)나, "때로 슬픔도 모여서 힘이 된다"(「숲, 혹은 사랑에 관한 변주 2-슬픔도 모여서 힘이 된다」)는 자연현상에 관한 경험의 진술이 우리의 삶의 고통과 상처를 치유하는 힘을 발휘하는 것도 이러한 비결과 무관하지 않다.

4

뜨거운 사랑의 문제를 다룬 「석류」나 「석쇠의 비유」 등 그의 수사기법은 간단 명료하다. 난삽하거나 현란한 비유가 없고 지리산 물같이 투명하다. "낙엽소리에/ 먼 하늘 별이 돋는다"(「낙엽을 밟았다는 사건」)나 "나도 꽃인 척 무얼 피워내야겠는데/ 내 전 생애를 쥐어짠대도/ 꽃 하나가 될 수 없어"(「산수유 노란 때깔마냥」) 등 그의 시어도 평범하기 이를 데 없다. 「단풍」, 「낙엽」, 「산길」 등 자연을 소재로 삼은 시가 많은 것도, 그가 일상생활에서 친밀하게 접하고 있는 고향산천에 삶의 뿌리를 내렸기 때문이다. 꾸밈없는 삶이 반영된 그의 시는 순박한 비유와 단순한 이미지, 그리고 명료한 문장으로 구성되어 있다.

복잡한 수사기교나 통사구문이 배제된 그의 시편들에서 기법적으로 주목할 만한 특성을 지적해내기 어렵다. 잘 달여낸 녹차의 향기 같은 탈속脫俗의 은은함이 묻어난다고나 할까. 그러나 그의 작품들이 쉽게 쓰여진 것이라고 속단하는 것은 금물이다. 그것들은 불면의 밤을 견뎌낸 고통의 시간을 필요로 한 것이다. 이 점을 잊어서는 안 된다. 시인의 자화상을 그려낸 「탱자」가 그것을 말해준다.

"가시로 몸을 두른 채/ 귤이나 오렌지를 꿈꾼 적 없다// 자세히 들여다보면/ 밖을 향해 겨눈 칼만큼이나/ 늘 칼끝은 또 스스로를 향해있어서/ 제 가시에 찔리고 할퀸 상처투성이다// 탱자를 익혀온 것은/ 자해 아니면 고행의 시간이어서/ 썩어문드러질 살보다는/ 사리 같은 씨알뿐// 향기는/ 제 상처로 말 걸어온다"(「탱자」)

"사리 같은" 언어를 만들려고 복효근은 무수한 고뇌의 시간들을 견뎌냈을 것이다. "번개의 언어 은장도 하나 찔러" 넣기 위해서, "연꽃다운 화두 하나" 걸쳐주기 위해서 그는 불면의 밤을 하얗게 밝혔을 것이다. "밖을 향해 겨눈 칼만큼" 늘 칼끝을 갈아서 시심詩心의 중앙을 겨누거나, "가시로 몸을 두른 채" "제 가시에 찔리고 할퀸 상처투성이"의 몸으로 "탱자를 익혀" 왔던 그의 고행은 "귤이나 오렌지를 꿈꾼" 적이 없다. 그럼에도 불구하고 시인은 "시詩는 개뿔이라 해야 옳다" "아, 아직은 개뿔일 뿐인 나의 시여"(「시인의 말」)라고 시혼詩魂을 자해自害하는 발언을 서슴없이 내뱉는다. 간결하게 표현대상을 그려내려는 절제의 미덕을 발휘하기 위해 그는 '번 뜩 한 눈에 들어오는 빛나는 시 구절'을 버렸을 것이다. 허튼 언어놀림을 자제하는 자기검열의 엄격성이 언어의 보석에 무늬 그려 넣는 것을 용납하지 않았을 것이다. 이 점이 복효근 시의 장점이자 한계이다.

누우 떼가 강을 건너는 법

1판 1쇄 인쇄 2017년 8월 21일
1판 2쇄 발행 2022년 6월 15일

지은이 복효근
발행인 윤미소
발행처 (주)달아실출판사

책임편집 박제영
디자인 이화연
마케팅 배상휘

주소 강원도 춘천시 춘천로257, 2층
전화 033-241-7661
팩스 033-241-7662
이메일 dalasilmoongo@naver.com
출판등록 2016년 12월 30일 제494호

ⓒ 복효근, 2017

ISBN   979-11-960231-5-7 03810